UM DIA MALUCO

ou

A pequena Bel e o grande e barulhento mundo

Gerente editorial	Sâmia Rios
Editor	Adilson Miguel
Editora assistente	Gislene de Oliveira
Revisoras	Lilian Ribeiro de Oliveira e Nair Hitomi Kayo

ARTE

Edição de arte	Marisa Iniesta Martin
Projeto gráfico de capa e miolo	aeroestúdio
Diagramação	aeroestúdio

editora scipione

Avenida das Nações Unidas, 7221
CEP 05425-902 – São Paulo – SP

ATENDIMENTO AO CLIENTE
Tel.: 4003-3061
www.scipione.com.br
e-mail: atendimento@scipione.com.br

2017

ISBN 978-85-262-7858-5 – AL
ISBN 978-85-262-7859-2 – PR

Código do livro CL: 737163
CAE: 258938 AL

1.ª EDIÇÃO
6.ª impressão

Impressão e acabamento
Bartira

DADOS INTERNACIONAIS DE CATALOGAÇÃO NA PUBLICAÇÃO (CIP)
(CÂMARA BRASILEIRA DO LIVRO, SP, BRASIL)

Jacob, Dionisio
Um dia maluco – ou A pequena Bel e o grande e barulhento mundo / Dionisio Jacob; ilustrações de Cárcamo. – São Paulo: Scipione, 2010. (Coleção Cubo Mágico)

1. Literatura infantojuvenil. I. Cárcamo. II. Título. III. Título: A pequena Bel e o grande e barulhento mundo. IV. Série.

10-05659 CDD-028.5

Índices para catálogo sistemático:

1. Literatura infantojuvenil 028.5
2. Literatura juvenil 028.5

Este livro foi composto em Bell Gothic Std
e impresso em papel Couché 115g/m².

UM DIA MALUCO

ou

A pequena Bel e o grande e barulhento mundo

Dionisio Jacob
ilustrações Cárcamo

editora scipione

Tudo aquilo que aconteceu naquele dia maluco teve início numa tranquila manhã lá no Bairro Alto. Esse bairro é assim chamado precisamente por se situar na parte mais alta da cidade. Quem já passou por lá sabe que é cheio de ladeiras, com algumas ruas muito, muito inclinadas. Para quem vem do centro, o Bairro Alto começa no belo Parque das Bromélias, a parte mais baixa da região. A partir daí é um subidão só. São ladeiras e ladeiras, cortadas por grandes ruas e pequenas travessas. É importante ressaltar essa geografia, pois ela foi em parte responsável por aqueles inusitados acontecimentos.

Tudo começou quando Isabel foi levar o lixo para fora. A pequena Bel, como é mais conhecida na família, tinha seis anos e estava passando uns dias na casa dos seus tios. E a casa dos tios da Bel ficava no fim da rua mais alta do Bairro Alto. Além disso, para se chegar até aquela residência simples, mas simpática, era preciso subir uma escadaria de uns trezentos degraus! Essa subida se constituía num verdadeiro exercício físico, mas a vista valia a pena. Dava para ver boa parte da cidade se estendendo lá embaixo, em volta do rio Pindongas.

Bem... acontece que o tio da Bel, meio esquecido por natureza, saiu apressadamente para ir trabalhar e não levou a lata de lixo para a rua. A pequena menina resolveu ajudar sua tia, que andava muito atarefada. Sem dizer nada, assumiu ela mesma aquela tarefa aparentemente tranquila. Para tanto, claro, ela teria de descer aquela escadaria imensa, carregando a lata.

Entretanto, mal pisou no primeiro degrau, uma das alças da lata de lixo, já meio desparafusada, soltou na sua mão. Resultado: a lata danou a rolar pelos degraus fazendo grande estardalhaço. Isso porque se tratava de uma lata muito velha, de alumínio, que é um material que faz um barulho danado quando cai no chão.

E a barulheira foi mesmo grande, porque além da lata batendo nos degraus enquanto rolava, Bel gritava lá do alto:

— Olha a lata! Olha a lata!

E sua tia, escutando a sobrinha, saiu e também passou a gritar:

— A lata! Cuidado com a lata!

Alguns vizinhos, ouvindo os chamados, também apareceram nas portas e janelas e engrossaram o coro:

— A lata! A lata!

E esses gritos tinham uma razão de ser. É que no final daquela grande escadaria estava estacionada a carroça do Zé. E o Zé estava cochilando, belo e folgado, em cima da carroça.

Todo mundo no bairro conhecia bem o Zé Sucateiro. Ele vivia puxando a carroça para cima e para baixo, apanhando sucata ou tranqueiras das casas, pois esse era o seu trabalho. E se já é difícil passar o dia empurrando uma carroça, no Bairro Alto isso era ainda mais problemático, com todos aqueles ladeirões.

Assim, naquela manhã, depois de levar a carroça até aquele ponto mais alto do bairro, o Zé resolveu descansar um pouco. Então ele calçou a roda da carroça com um paralelepípedo, para que ela não descesse a rua. Depois subiu na carroça, para comer uma banana. Acabou pegando num cochilo que virou sono pesado. Só foi acordar daquele sono inesperado com os gritos:

— Olha a lata! Olha a lata!

No começo ele não entendeu bem o que estava acontecendo. Mas quando viu aquela lata barulhenta vindo a toda velocidade na sua direção, bem na altura da sua cabeça, deu um salto da carroça para se proteger. Seus reflexos estavam em dia, pois, bem na hora em que ele saltou, a lata passou voando na direção da rua, e continuou rolando ladeira abaixo. O problema foi que, ao pular da carroça, o Zé, com esse movimento abrupto, fez com que ela se soltasse da pedra que a calçava. Desse modo, a carroça também passou a descer a rua inclinada, com todas aquelas tranqueiras velhas. E numa velocidade crescente. Lá se foram, a lata de lixo e a carroça, uma ao lado da outra, sem freio, sem nada que pudesse fazer com que elas parassem.

— A carroça! A carroça! — o Zé gritava, enquanto corria atrás dela.

Ora, um pouco mais abaixo na rua tinha um ponto de ônibus, onde umas oito ou nove pessoas aguardavam a chegada do coletivo. Algumas delas liam o jornal atentamente, enquanto outras

bocejavam de tédio por causa da espera. Um grupinho falava sobre futebol e duas senhoras riam de alguma coisa que só elas sabiam o que era. Até que começaram a escutar aquele barulho esquisito, causado pelas batidas da lata de lixo e pelos solavancos da carroça desgovernada. Esta, a cada segundo mais veloz, vinha justamente na direção daquele ponto de ônibus.

Então é fácil imaginar o pânico que se instalou naquele trecho da rua. Os bocejos e os gracejos deram lugar a uma gritaria medonha. Os jornais foram abandonados e todos saíram correndo para se proteger daquele ataque inesperado em plena manhã. Para piorar a situação, as tranqueiras que estavam na carroça começaram a cair por causa dos solavancos e passaram a acompanhar a lata de lixo naquela descida sem fim. Latas velhas, caixas de papelão e até uma poltrona passaram a rolar pela ladeira.

Um pouco mais abaixo do ponto de ônibus, numa esquina, tinha uma padaria. Havia bastante gente lá dentro naquela hora, comprando pão, tomando pingado, comendo algum sanduíche. E aquela gente estranhou a gritaria do lado de fora. Então todos saíram até a porta da padaria para ver o que acontecia e ninguém entendeu nada ao ver passar aquele monte de gente, com expressão apavorada, aos berros.

— O que está acontecendo? — alguém gritou.

— Deve ser um ataque! — outro respondeu.

— Mas quem está atacando?

E ninguém disse mais nada, pois justamente nessa hora passou por ali a carroça do Zé, em incrível velocidade, derrubando sucata para todos os lados. Como todos ali conheciam bem o Zé Sucateiro, alguém mais apavorado disse:

— Pegaram o Zé!

Foi a deixa para um princípio de pânico. Sem mesmo saber quem ou o que havia pegado o Zé, todos resolveram engrossar o coro dos que já estavam correndo, e a padaria logo esvaziou. E gritaria é uma coisa que pega: quanto mais gente corria e gritava, mais outros que não tinham a menor ideia do que se passava começavam a agir do mesmo modo.

— Ataque! Um ataque!

Aquele trecho do Bairro Alto ficou na maior polvorosa, todos achando que alguém, que ninguém sabia quem, estaria atacando as pessoas por motivos absolutamente ignorados. Tanto que o dono da padaria cerrou as portas, no que foi imitado por alguns comerciantes vizinhos, também alarmados com aquela correria frenética e aquelas sucatas rolando pela rua sem uma razão clara. E uma senhora, ao ver todos correndo e gritando, sem ao menos saber o que acontecia e sem pedir explicação alguma, foi tomada por uma fúria qualquer e passou a berrar tão alto que só fez aumentar a confusão geral.

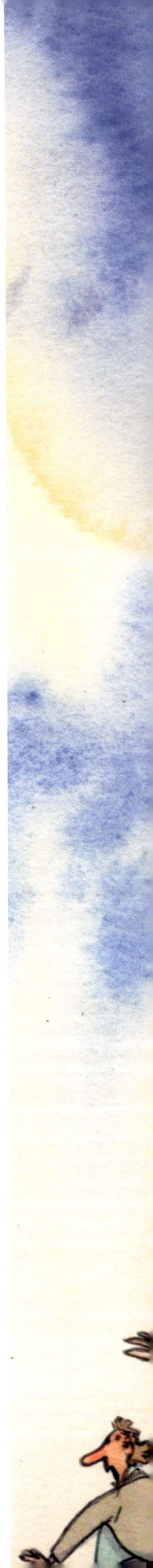

Infelizmente as confusões não terminaram por aí. Na rua abaixo da padaria havia um salão de beleza, onde algumas mulheres faziam o cabelo, os pés, as mãos e algumas até aplicavam máscaras de beleza. Elas pertenciam ao grupo da Associação dos Amigos do Bairro Alto. Esse grupo promovia vários eventos culturais e beneficentes e era bem conhecido na região. Naquela tarde haveria o famoso "Encontro no Parque", ocasião em que algum convidado ilustre fazia uma palestra aberta no Parque das Bromélias.

Assim, como costumavam fazer sempre, elas se preparavam para o evento naquele salão. E estavam muito animadas, pois o palestrante do dia era o doutor Vilarom, um conhecido ufólogo, ou seja, alguém que estuda discos voadores e outros mistérios espaciais. Ele havia aparecido na televisão recentemente, por ocasião do lançamento de seu livro *Eles estão entre nós!!!*, assim mesmo, com três pontos de exclamação.

E enquanto as mulheres conversavam, uma ou outra passou a estranhar aqueles gritos na rua. A diretora daquele grupo, que tinha os cabelos ainda eriçados, foi olhar pela grande vidraça onde estava escrito o nome do salão e viu algumas pessoas correndo.

— Que coisa esquisita... Tem gente correndo pra todo lado... — comentou.

— Correndo? — as outras falaram ao mesmo tempo.

lão de beleza Belleza
Cabeleireiro

Nessa hora uma das manicures, que tinha ido até a farmácia comprar álcool, voltou com o rosto aflito:

— Está uma loucura aí fora! — informou.

— Mas o que se passa afinal? — uma das senhoras quis saber.

— Não sei... Parece que é um ataque...

— Ataque? Que ata...

E mal teve tempo de terminar a frase. Aquela poltrona velha que tinha caído da carroça do Zé veio rolando pela rua e atingiu em cheio a vidraça do salão, espatifando-a em mil pedaços.

A gritaria foi geral: aquilo sem dúvida alguma era um ataque! E sem nem pensar nas razões que levariam quem quer que fosse a atacar o salão com uma poltrona velha, as mulheres saíram correndo, descalças, com esmaltes ainda úmidos, algodão entre os dedos dos pés, cabelos desgrenhados, também elas berrando — o que era, sem dúvida, uma visão impressionante. Ainda mais que foram acompanhadas pela dona do salão, pelos cabeleireiros, pelas manicures, todos, enfim, procurando algum lugar seguro para se proteger do ataque.

Todo esse pânico não terminou por aí. Pelo contrário, ele não parou mais de se propagar! A principal razão para isso era que, justamente naquele dia, numa das ruas transversais, havia uma feira livre. E justamente na esquina da rua inclinada por onde as coisas não paravam de cair, a carroça do Zé Sucateiro encerrou sua trajetória vertiginosa: ela se chocou com uma barraca de laranja, bem na hora em que o dono da barraca tinha acabado de pôr a última laranja no cimo de uma pirâmide perfeitamente equilibrada. O choque fez com que a barraca virasse e todas as laranjas passassem a descer a rua na direção do Parque das Bromélias.

Mas antes de chegar ao parque havia ainda duas ou três ruas. E, numa delas, sem se dar conta do alvoroço que se espalhava pelo bairro, um senhor saía de casa com um carrinho de feira justamente para comprar frutas. O irônico disso é que minutos atrás ele havia discutido com a sua mulher sobre qual a melhor fruta para se comprar naquela época:

— Eu não quero mais laranja, estou cheio de comer laranja! — ele disse antes de fechar a porta.

E foi aí que deu com as pessoas correndo e gritando. E pior: viu aquela multidão de laranjas, todas amarelinhas, redondas, descendo a rua na sua direção como se tivessem algum instinto de vingança ou uma estratégia ofensiva. Foi o tempo de ele se proteger usando o carrinho de feira como escudo. Logo as laranjas passavam por ele, batiam no carrinho, faziam um ou outro pedestre cair e outros fugirem para ruas laterais para escapar daquele ataque cítrico.

Não é preciso dizer o que tais acontecimentos causaram na feira: como se fosse uma eletricidade em expansão incontrolável, as correrias e os gritos foram se comunicando de um para o outro e logo a confusão era geral. Da rua da feira para as ruas laterais era um mar de gente fugindo de alguma coisa que ninguém fazia ideia do que era. Os feirantes, vendo aquilo, começaram imediatamente a desmontar as barracas, pois algumas já haviam sido derrubadas na correria.

ELES ESTÃO ENTRE NÓS!!!

Desse modo, juntamente com as laranjas, agora outros produtos desciam as ladeiras do bairro, surpreendendo aqueles que não entendiam o que se passava. Eram maçãs, tomates, melancias, caquis. Tudo o que tivesse uma capacidade mínima de rolar, que fosse de algum modo esférico, passou a descer as ruas sempre na direção do Parque das Bromélias, que, como se sabe, ficava na parte mais baixa do bairro.

E seria até bom se tudo terminasse assim. Isso porque tudo se complicou ainda mais. Ora, os caminhões da feira, ao tentar sair apressadamente do lugar, causaram alguns transtornos. Ao fazer uma manobra, um deles esbarrou numa escada, em cima da qual se encontrava um funcionário do parque que estava justamente prendendo entre dois postes uma faixa que anunciava o evento da tarde: "Palestra com o doutor Vilarom sobre o livro *Eles estão entre nós!!!*". O funcionário ainda tentou se equilibrar na escada, mas ela ficou naquele vai não vai. Quando o coitado percebeu que a escada ia cair de vez, ele se agarrou na faixa que tinha amarrado. A faixa, não suportando inteiramente o peso daquele homem, partiu ao meio, de modo que ele ficou agarrado à metade dela, justamente a parte com os dizeres: "*Eles estão entre nós!!!*"

E isso não foi o pior. Ao dar a ré de forma apressada, outro caminhão bateu com a traseira num poste, justamente o poste que suportava um grande gerador de eletricidade. Este, com o choque, caiu no chão, deixando todo o Bairro Alto sem energia elétrica. Além disso, passou a rolar, acompanhando as frutas e as sucatas na direção do Parque das Bromélias.

E o que acontecia no Parque das Bromélias? Lá tudo andava na maior paz, pois ninguém fazia ideia daquela confusão toda nas ruas de cima. O parque era um local muito agradável, com um grande lago em torno do qual as pessoas costumavam caminhar, correr, fazer ginástica ou descansar nos

largos bancos de madeira. Ao lado do lago, vários quiosques se esparramavam entre as árvores. Era num desses quiosques que ocorreria a palestra da tarde, patrocinada pela Associação dos Amigos do Bairro Alto.

Alguns funcionários se encontravam ali, trabalhando para o evento, entre eles o próprio palestrante, o doutor Vilarom. Este assim chamado doutor era um homenzinho pequeno, com um terno escuro e modos agitados. Andava de um lado para o outro dando ordens enérgicas: queria que tudo ficasse pronto para a sua palestra. Seu rosto não podia ser mais perfeito para quem gostava desses assuntos extraterrestres: era mais redondo que oval, parecendo mesmo uma lua cheia.

Essa impressão era acentuada pelo fato de ele ser completamente careca e ter uma pele cheia de manchas que, de longe, bem poderiam lembrar as crateras lunares. Mas ostentava sob o nariz redondo um respeitoso bigodinho, que dava uma seriedade para sua face sempre enigmática. E foi com respeito que o Tião e o Chico, dois funcionários do parque, vieram falar com ele:

— Doutor, estamos com um problema... — disse o Tião.

— O sistema de som pifou! — informou o Chico.

— Pifou? Mas estava funcionando agora mesmo! — o doutor exclamou e foi correndo até onde estava o microfone.

— Alô! Alô! — ficou testando e batendo com os dedos para ver se arrancava algum chiado. — Mas o que será que houve?

Claro que ele não poderia saber que a queda do gerador tinha danificado a energia do bairro. Mas logo ele saberia disso, e de um modo assustador. O Chico, olhando na direção da rua, fez uma expressão de pavor e apontou:

— Gente... O que é aquilo?

Todos olharam ao mesmo tempo. E se espantaram com aquele mar de frutas e tranqueiras descendo a rua na direção do parque. E na frente de tudo vinha o pesado gerador, mais pesado ainda por causa da velocidade que havia ganhado na ladeira final, a mais inclinada. Como o quiosque da palestra ficava bem na entrada do parque, o pânico logo se instaurou. Chico, Tião, os demais funcionários e até mesmo o doutor Vilarom saíram correndo para não serem atingidos e pularam todos ao mesmo tempo no lago. E foi o tempo: como um bólido, o gerador atingiu em cheio o quiosque, destruindo completamente o local. Em seguida começaram a chegar as frutas, menos agressivas.

Espantadíssimos, aqueles homens saíram do lago encharcados até os ossos e foram se aproximando do quiosque destruído em passos lentos e reflexivos.

— Mas que diacho... — balbuciou Tião.

E o doutor Vilarom, num acesso de fúria, dirigiu-se ao gerador que jazia inerte entre os destroços:

— Pensou que ia me pegar, hein? Pois vá dizer ao seu líder que eu estou preparado!

E passou a desferir chutes no gerador sob os olhares espantados do Chico e do Tião.

Mas enquanto o doutor Vilarom discutia com o suposto alienígena, as coisas no Bairro Alto iam de mal a pior. Além do problema com a energia elétrica, outro acidente com os caminhões fez com que os semáforos principais parassem de funcionar — o que ocasionou um grande congestionamento no trânsito. Esse congestionamento não se circunscreveu ao bairro, mas acabou se alastrando pela cidade. Isso porque a avenida Radial, a principal artéria da região, era também o acesso de vários outros bairros para as marginais do rio Pindongas. E, além dos sinais de trânsito desativados, os motoristas, quando viam aquelas pessoas correndo de alguma coisa que ninguém sabia o que era, abandonavam seus carros para se refugiar.

Como as avenidas marginais ao rio eram muito importantes para o tráfego da cidade, dá para imaginar o que isso ocasionou: um engarrafamento monstro! E logo um coro de buzinas subiu ao ar, todas aflitas, impacientes, nervosas. Isso para não falar das sirenes exasperadas pedindo passagem.

Logo os helicópteros começaram a sobrevoar o Bairro Alto, como besouros metálicos com um zumbido irritante. O primeiro foi o da televisão. É que o carro da reportagem ficou preso no tráfego e a famosa repórter teve que ir pelos ares para ver o que andava acontecendo. Ela desceu em grande estilo numa área aberta e tentou entrevistar todo mundo que encontrava pela frente. Mas o problema é que ninguém dizia coisa com coisa.

Depois apareceram helicópteros da Polícia, do Departamento de Trânsito, do Gabinete do Prefeito e outros que ninguém sabia identificar de onde eram, todos tentando inutilmente localizar a causa daquela barafunda toda que tomou conta do bairro e foi se espalhando pela cidade. Isso durou o dia todo e ainda no começo da noite eles sobrevoavam a região investigando, lançando luzes com poderosos holofotes, iluminando parcialmente as ruas ainda às escuras.

E a pequena Bel? Daquela casa lá no alto da rua mais alta do Bairro Alto, ela e a tia puderam presenciar apenas uma parte de todos esses acontecimentos. Mas estranharam os gritos que se ouviam, as sirenes, as buzinas e depois aqueles helicópteros sinistros que ficaram o dia todo procurando alguma coisa. Também estranharam quando faltou energia elétrica. Afinal, nem tinha chovido.

Só na hora da janta, quando a luz retornou e elas ligaram a televisão, souberam daquelas coisas todas que aconteceram no bairro. Bel ficou o tempo todo colada no sofá, o olhar estatelado na tela da televisão, segurando a mão da tia. Não sabia o que dizer e de algum modo se sentia responsável por todos aqueles eventos que a famosa repórter descrevia com espanto. Ela começou a reportagem falando assim:

Nossa cidade, que está sempre à beira de um ataque de nervos, hoje teve um dia de estresse total. E tudo começou no Bairro Alto, um dos bairros mais tranquilos que existem. Como tudo começou? Ninguém faz a menor ideia! Tentei conversar com os moradores, mas todos foram muito evasivos. Alguns nem abriram as portas com medo de um... ataque. Ataque? Mas que ataque era esse? Quem estava atacando quem?

Um senhor me garantiu que um bando de laranjas enfurecidas o perseguiu por três quarteirões. Laranjas! E uma senhora disse que o salão de beleza em que estava foi atacado por uma poltrona velha e mal-encarada. Tudo muito estranho. A pessoa mais articulada com quem eu consegui conversar foi o doutor Vilarom, aquele que lançou o livro intitulado Eles estão entre nós!!!. *Veja agora esta entrevista...*

E logo apareceu na tela da televisão o rosto de lua cheia do doutor, dando uma entrevista para a famosa repórter. Foi assim:

— Doutor Vilarom, a que o senhor atribui os estranhos acontecimentos dessa tarde no Bairro Alto?

— A que eu atribuo?! Será que estão todos cegos? Será que só eu estou vendo o que está acontecendo?

— Mas o que está acontecendo, doutor?

— Estamos sendo atacados. Atacados por alienígenas. Estamos à beira de uma guerra envolvendo várias galáxias.

— Mas que alienígenas, doutor? As pessoas não viram nenhum alienígena...

— Ahá! Vocês pensam que eles são criaturinhas verdes com antenas? Nãaoo... Eles podem se transformar no que quiserem...

— *O senhor quer dizer... frutas?*

— *Frutas, legumes, geradores de energia, tudo... tudo... tuuudoo! Ei! Volte aqui...*

Nesse momento a famosa repórter teve de interromper a reportagem, pois o doutor Vilarom começou a perseguir um cachorro, dizendo se tratar de um agente intergaláctico disfarçado de vira-lata. E ela terminou assim a reportagem:

Bem, como vocês puderam ver, aconteceu uma epidemia de alucinações. Parece que a nossa cidade anda precisando de umas férias. A boa notícia é que não houve ninguém ferido nessa história toda. Nada, nenhum arranhão. Foi tudo um caso de histeria coletiva. Ou... se o doutor Vilarom estiver certo, um ataque de outra... galáxia.

Tão logo o telejornal acabou, o telefone começou a tocar. Era a mãe de Bel, que tinha visto a reportagem sobre os acontecimentos no Bairro Alto e queria saber se estava tudo bem na casa da irmã. Bel foi logo se desculpando:

— Não foi culpa minha, mamãe. A alça da lata é que estava solta...

— Como é? Que lata é essa?

— A lata de lixo...

A tia pegou o telefone e garantiu que tudo estava na mais completa paz. Mas Bel continuava cismada, olhando pela janela. Lá fora um último helicóptero ainda sobrevoava o bairro.

Em seguida o tio ligou avisando que ia demorar um pouco para chegar porque estava um trânsito infernal na cidade. De fato, quando ele chegou, Bel já estava de pijama, com os dentes escovados, pronta para ir para a cama. E ele trazia uma coisa nas mãos: a lata de lixo, toda amassada.

— Veja só o que eu encontrei lá embaixo na rua, junto da carroça do Zé Sucateiro: nossa lata de lixo. Reconheci na hora. Ninguém mais tem uma lata assim... Como foi parar lá?

— O Zé não contou nada?

— Na verdade ele estava meio assustado, querendo ir logo para casa consertar a carroça dele... Aliás, que confusão foi essa no bairro?

— É uma longa história. Venha, vou esquentar seu jantar. Eu conto enquanto você come...

Enquanto a tia narrava aquele dia maluco, Bel pegou no sono no sofá, agarrada a seu coelho de pelúcia. E teve os sonhos mais estranhos.

E por mais maluco que seja um dia, sempre vem o dia seguinte. Mal acordou, Bel lançou um olhar da maior gravidade para a lata de lixo. A tia olhou para o tio, e este disse para a sobrinha:

— Não se pode ter medo de uma lata de lixo. Você não quer levá-la para a rua comigo, querida?

Bel abriu os grandes olhos como se aquela tarefa fosse algo de grande responsabilidade. Mas, ao receber um olhar encorajador da sua tia, resolveu aceitar o desafio. Assim, foi levando a lata, acompanhada de perto pelo tio. Desceu cada degrau com o maior cuidado. E tão compenetrada estava nessa tarefa que até os vizinhos das casas próximas saíram para admirar aquele trajeto cuidadoso da pequena Bel.

Pois para ela não se tratava apenas de levar o lixo para a rua. Tratava-se de garantir que o Bairro Alto tivesse um bom dia. E mais: que a cidade pudesse trabalhar com tranquilidade. E quem sabe até que a paz e a harmonia desarmassem o mundo e as galáxias em conflito.

Depois de descer todos aqueles degraus lentamente, Bel depositou a lata com carinho no lugar de sempre. O tio beijou sua testa e ela subiu novamente a escada com um largo e vitorioso sorriso, sob os aplausos de toda a vizinhança.

Ao alcançar o topo da escadaria, antes de entrar em casa para tomar café, Bel não resistiu e admirou a bela vista que se descortinava daquele ponto. Lançou um olhar confiante para o rio Pindongas e suas marginais

já lotadas de carros. E era como se houvesse um confronto: de um lado, no alto dos seus seis anos e no alto do Bairro Alto, a pequena Bel; e do outro, lá embaixo, espalhando-se por todos os lados, o grande, nervoso, confuso e barulhento mundo.

Arquivo pessoal

O autor

Nasci em São Paulo, em 1951. Desde pequeno sempre gostei muito de ler e ouvir histórias. Com a coleção do Monteiro Lobato, conheci o mundo da literatura e a partir daí me tornei um leitor assíduo. Com o tempo, descobri que também gostava de inventar histórias e comecei a escrever livros para adultos, jovens e crianças e roteiros para programas infantis, como o *Castelo Rá-Tim-Bum* e o *Cocoricó*, da TV Cultura. Acho fascinante essa capacidade que a imaginação tem de ir criando personagens e situações, que transmitem emoções. E foi exatamente assim que criei este *Um dia maluco*: uma situação foi puxando a outra e no fim das contas eu fui junto, rolando ladeira abaixo com todos aqueles personagens. Foi divertido de escrever e espero que você também tenha se divertido ao ler. ■

Arquivo pessoal

O ilustrador

Nasci no Chile, em 1954, e moro no Brasil desde 1976. Sou ilustrador, caricaturista e artista plástico. Como ilustrador, colaboro com editoras de livros, revistas e jornais do Chile, da Espanha e do Brasil. Recebi prêmios de melhor ilustração de livro infantil em 2002 e 2005. Sou autor de quatro livros infantis e um de aquarelas sobre Paraty. ■